I0556893

www.ingramcontent.com/pod-product-compliance
Lightning Source LLC
Chambersburg PA
CBHW072048170626
46811CB00008B/3215
9780463875513

المندوب

قصة خيال علمي

إعداد وتحرير: رأفت علام

مكتبة المشرق الإلكترونية

صدر في نوفمبر ٢٠١٩ عن مكتبة المشرق الإلكترونية – مصر

Table of Contents

الحلم..

ظلام دامس أحاط بكل شئ..
ظلام رهيب مخيف..
بلا ضوء..
بلا نجوم..
وصمت تام..
ومن بعيد لاحظ نقطة ضوء تقترب..
وراح حجم نقطة الضوء يكبر.. ويكبر..
وهي تقترب.. وتقترب..
وبدت واضحة على هيئة جسم اسطواني انسيابي، يعبر الظلام في صمت، قبل أن يستقر وسطه ساكنًا.
وهبط من ذلك الجسم الاسطواني مخلوق شبه بشري لا يختلف عن البشر إلا في لون جسده الأخضر الباهت، وعينيه الحمراوين، ورأسه الأصلع..
وهبط إلى جواره مخلوق آخر..
مخلوق بشري..
إنه هو..
(عزت) ..
نعم.. هو.. هو
هب (عزت) من نومه جزعًا، عند تلك النقطة بالذات، وتلاشى حلمه دفعة واحدة، وراح هو يتطلع في توتر إلى حجرته الأنيقة البسيطة الأثاث، قبل أن يزفر في شدة، ويدس أصابعه وسط خصلات شعره الأسود الناعم، وهو يقول في ضيق:
- يا إلهي!.. الكابوس نفسه.
نهض من فراشه، والتقط علبه سجائره، وأشعل سيجاره، راح ينفث دخانها في عمق، وهو يقف أمام نافذة حجرته، متطلعًا إلى السماء ذات النجوم، التي بدت – في تلك الليلة – في أبهى صورها، مع غياب القمر، وخلو السماء من الغيوم، مما ساعد على تألق النجوم في لوحة رائعة..
ومضت لحظات و(عزت) يتطلع إلى النجوم في صمت، قبل أن يهز رأسه، متمتمًا:
- يا له من حلم!

قالها وألقى سيجارته إلى طرف الحجرة في حنق، ثم لم يلبث أن أسرع إليها، وداسها بقدمه، وزفر مرة أخرى، قبل أن يلقي نظرة على ساعته، التي أشارت عقاربها إلى الرابعة صباحًا، فابتسم في ضيق، وهو يقول:

- لست أظنني سأنعم بالنوم الآن، فموعدي مع ذلك العالم في السابعة والنصف.

اتجه إلى مطبخ منزله الصغير، وراح يعد لنفسه قدحًا من القهوة، وقد نسى كل شئ تقريبًا عن هذا الحلم العجيب..

كان يعيش في هذا المنزل الصغير وحده منذ عشر سنوات..

منذ وفاة والديه..

ومنذ بدأ دراسته للصحافة..

واليوم يعمل في صحيفة يومية ذات صيت ذائع، وقد بدأ اسمه يلمع في عالم الصحافة العلمية، بعد تحقيقه الأخير عن آثار الأطباق الطائرة في صعيد (مصر)..

ابتسم وهو يتذكر ذلك التحقيق، الذي نجح في أن يجعل منه قنبلة الصحافة العلمية في حينه، وأن يدفع رئيس التحرير إلى تعيينه في تلك الصحيفة اليومية بلا تردد، بعد ثلاثة أعوام قضاها كصحفي تحت التمرين..

واليوم سيحصل على سبق صحفي جديد..

سيكون أول من ينجح في الحصول على حديث علمي متكامل، مع الدكتور (يحيى مختار)، حول ابتكاره الجديد، عن الجاذبية المضادة.

وانتعشت نفسه مع قدح القهوة، ونشوة ذلك النصر الصحفي المرتقب، حتى أنه راح يرتدي ثيابه في مرح، مطلقًا من بين شفتيه صفيرًا منغومًا، ثم راح يراجع بعض المعلومات الخاصة بالجاذبية الأرضية، والأبحاث المتعلقة بالجاذبية المضادة، حتى بلغت الساعة تمام السابعة، فهبط يستقل سيارته، وينطلق بها إلى المركز القومي للبحوث، حيث ينتظره الدكتور (يحيى)..

ولقد استقبله الدكتور (يحيى) بابتسامة واسعة، ومصافحة حارة، وهو يقول:

- في موعدك تمامًا يا أستاذ (عزت).. هذا عظيم، إنني أحب كثيرًا التعامل مع من يحرصون على الالتزام بمواعيدهم، فهذا يعني دومًا أنهم أهل للثقة.

ابتسم (عزت)، وهو يقول:

- شكرًا لك يا سيدي.

استطرد الدكتور (يحيى) على الفور، وكأنما يرفض إضاعة لحظة واحدة:

ابتكاري الجديد سيمثل طفرة في أبحاث الجاذبية المضادة يا أستاذ (عزت)، ولست أشك في أنهم سيمنحونني جائزة (نوبل) من أجله.. فأنت تعلم بالطبع

أن الجاذبية الأرضية هي الشئ، أو القوة، التي تجذب كل المخلوقات والأشياء إلى سطح كوكبنا (الأرضي).. أما الجاذبية المضادة فهي تلك القوة العكسية، التي تدفعنا دفعًا، بعيدًا عن سطح الأرض، ولقد ظلت هذه القوة العكسية، التي أطلق عليها العلماء أسم (الجاذبية المضادة)، حلمًا منذ أوائل القرن العشرين.. مما تمثله من قوة دافعة مذهلة، لكل الأجرام التي نرغب في دفعها إلى خارج مجالنا الجوي، بحيث يمكنها وحدها، ودون وقود، دفع أي صاروخ إلى خارج مجال الأرض، بسرعة مذهلة، وقوة دفع كافية لمنحه ملايين الأميال من الانطلاق في الفراغ الفضائي، مما يوفر مليارات الجنيهات في أبحاث الفضاء، و...

بتر حديثه دفعه واحدة، ثم مال نحو (عزت) يسأله في قلق:

- هل يمكنك فهم ما أقوله؟

أومأ (عزت) برأسه في هدوء، وقال:

- بالتأكيد.

تراجع الدكتور (يحيى)، مغمغمًا:

- عظيم.

ثم اندفع يتابع حديثه السابق:

- ولقد أجرى العلماء مئات الأبحاث، منذ الحرب العالمية الأولى، كمحاولة للتوصل إلى تلك الجاذبية المضادة، وخاصة بعد أن كتب (هـ. ج. ويلز) كاتب الخيال العلمي الشهير، روايته الأشهر (أول بشر على القمر)، التي اعتمد فيها على الجاذبية المضادة، لقذف كرة فضائية براكبيها إلى القمر، ولكن أبحاث كل هؤلاء العلماء لم تنجح في دفع الفكرة إلى الأمام كثيرًا، حتى توصلت أنا إلى هذه المعادلة.

واعتدل في زهو واضح، وأمسك قلمًا يخط به معادلة رياضية شديدة التعقيد على ورقة أمامه، وتوقف قبل أن يتمها، قائلًا في حماس:

- أي عالم في علوم الجاذبية سيتوقف طويلًا أمام هذه المعادلة، قبل أن يضيف إليها..

قاطعه (عزت) في هدوء، وبلهجة أقرب إلى الضجر:

- مكعب سرعة الضوء مضروبًا في الجذر التربيعي لعجلة الجاذبية الأرضية.

حدق الدكتور (يحيى) في وجهه بذهول تام، قبل أن يتمتم:

- كيف عرفت؟

بدا السؤال بالنسبة لـ(عزت) عجيبًا، فتردد لحظة، قبل أن يقول:

ـ أنسيت أنني محرر علمي، وأنني أجمع عادة الكثير من المعلومات عن...؟

قاطعه الدكتور (يحيى) في حدة:

ـ مستحيل!!

حدق (عزت) في وجهه هذه المرة، قبل أن يغمغم:

ـ لماذا؟.. إنها مجرد..

ضرب الدكتور (يحيى) سطح مكتبه براحته في قوة، وهو يكرر:

ـ قلت لك مستحيل!

ثم أشار إلى المعادلة بأصابع مرتجفة من شدة الأنفعال، وهو يستطرد في حدة:

ـ هذه المعادلة بالذات لا يمكنك إكمالها أبدًا؛ لأن أحدًا لم يستخدم مكعب سرعة الضوء من قبل أبدًا؛ ولأن...

صمت لحظة، ليزدرد لعابه من شدة الأنفعال، قبل أن يستطرد وجسده كله يرتجف:

ـ ولأن هذه المعادلة هي ابتكاري الجديد، ومن المستحيل أن يعلمها سواي؛ لأنني حتى لم أدونها في أية أوراق، ولا يمكنك أن تحصل عليها من عقلي، ما لم...

بتر عبارته بغتة، وتراجع في مقعده، وهو يعقد حاجبيه، ويقول في حدة:

ـ ما لم تكن قارئًا للأفكار...

ولم ينبس (عزت) ببنت شفة..

ولكن ذلك التفسير بدا له مخيفًا..

مخيفًا بحق..

حيرة..

"(عزت).. إنني أتحدث إليك"..!

انتفض جسد (عزت)، عندما بلغت هذه العبارة مسامعه، وأدار عينيه إلى صاحبتها في دهشة عجيبة، وهو يغمغم في توتر:

- عفوًا.. ماذا قلت؟

ابتسمت زميلته الصحفية (رانيا)، وجلست على المقعد المجاور له، وهي تقول:

- لقد كنت أتحدث إليك فحسب، ولكن يبدو أن ذهنك كان شاردًا في مكان بعيد.

تنهد وهو يقول:

- إنني لم أنم جيدًا هذه الليلة.

ضحكت وهي تقول:

- دعك من هذا التفسير؛ فالجميع يعلمون هنا أنك رجل اللانوم، وأنك من تلك الفئة النادرة، التي يمكنها أن تقضي أسبوعًا كاملاً بلا نوم، عندما يرتفع رنين ناقوس العمل.

ابتسم ابتسامة باهتة، وهو يقول:

- ربما كان هذا هو السبب، فناقوس العمل معطل منذ أيام.

لم تبتسم لدعابته، وإنما مالت نحوه، وسألته في حنان:

- ماذا بك حقًا؟.. إنك تبدو شديد القلق!

لاذ الصمت لحظات، وتساءل بينه وبين نفسه عما إذا كان من الحكمة أن يقص عليها ما حدث، وبدا له أن قوة كبيرة تدفعه لإخفاء الأمر، إلا أنه قاومها وهو يقول لـ(رانيا):

- أنت على حق.. هناك أمر يقلقني في شدة.

سألته في اهتمام:

- ما هو؟

تردد لحظة أخرى، ثم اندفع يروي لها ما حدث مع العالم (يحيى مختار) بكل تفاصيله، منذ راوده ذلك الحلم العجيب، وحتى مغادرته المركز القومي للبحوث، ولم يكد ينتهي من قصته، حتى هتفت هي في حماس:

- أمر عجيب حقًا..!!

لوح بكفه، قائلًا:

- إنني أتساءل: كيف أمكنني إكمال معادلة لا توجد إلا في ذهن صاحبها.

قالت في حماس:

- ربما كنت تمتلك موهبة قراءة الأفكار حقًا.

تطلع إليها لحظات في حيرة، ثم هز رأسه، متمتمًا:

- لا.. لست أظن هذا.

سألته:

- لماذا؟

قال في حسم:

- لأن شيئًا من هذا لم يحدث لي من قبل.

قالت في اهتمام:

- لعل هذه هي البداية.

ابتسم ابتسامة باهتة، وقال:

- لا.. لا يبدو لي تفسير قراءة الأفكار هذا منطقيًا.

هتف زميلهما (عاطف)، في هذه اللحظة، في مرح:

- من يتحدث عن قراءة الأفكار؟

وجذب مقعدًا لينضم إليهما، وهو يتابع ضاحكًا:

- سيصير هذا تخصصي عما قريب.

سألته (رانيا) مبتسمة في حيرة:

- تخصصك؟.. ماذا تعني؟

أجابها وهو يغالب ضحكة:

- لقد كلفني رئيس القسم إجراء حديث خاص مع (كريمة عز النجوم).

ولسبب ما، بدا الاسم مألوفًا لأذني (عزت)، مما جعله يسأله:

- من (كريمة) هذه؟

ضحك (عاطف)، وهو يقول:

- ألم تسمع عن (كريمة عز النجوم)؟.. يا لك من متخلف!! (كريمة) هذه يا رجل هي أكثر الدجالات شهرة في (مصر).

تمتمت (رانيا) في دهشة:

- دجالة؟!

أومأ (عاطف) برأسه إيجابًا، وتابع في مرح:

- إنها عجوز تقيم بالقرب من مدينة (بنها)، في منزل منعزل، وسط حدائق برتقال تملكها هي، ويقولون إنها تمتلك قدرات خرافية، فهي تستطيع شفاء بعض أنواع الحمى، ويمكنها رفع منضدة كاملة دون أن تمسها، وتقرأ الأفكار والطالع، و....

قاطعته (رانيا) مستنكرة:

- ولماذا لم يلق رجال الشرطة القبض عليه؟

قلب (عاطف) كفيه، قائلًا:

- لأنها لا تتقاضى أية نقود من زبائنها، ولأنها لا تدعو مخلوقًا لزيارتها، مما ينفي عنها تهمتي النصب أو الاحتيال.

عقد (عزت) حاجبيه، وهو يتمتم:

- ربما يعني هذا أنها تمتلك هذه القدرات بحق.

أطلق (عاطف) ضحكة عالية مجلجلة، ونهض قائلًا:

- في هذه الحالة يمكنني أنا أيضًا أن أدعي كوني الرجل الطائر.

غمغم (عزت):

- متخلف.

قهقه (عاطف) ضاحكًا مرة أخرى، وهو يلوح بيده، قائلًا:

- فلنؤجل هذا الحديث إلى الغد، بعد أن أكشف أمر هذه الدجالة.

وانصرف وضحكاته تتبعه، فالتفتت (رانيا) إلى (عزت)، تسأله:

- ما رأيك في هذا الأمر؟

هز (عزت) كتفيه، قائلًا:

- من الصعب إبداء الرأي، في مثل هذه الأمور، فلقد امتلأت الساحة بآلاف الدجالين، حتى بات من العسير تعرف من يمتلك موهبة فوق طبيعية حقيقية.. ثم أن المصريين لا يؤمنون كثيرًا بوجود القوى فوق النفسية، على الرغم من تهافتهم على أولئك الدجالين.

سألته في شغف:

- وماذا عن قدرتك أنت؟

ابتسم قائلًا:

- هل جعلت منها قدرة خارقة؟

أتاه صوت الدكتور (يحيى) يقول في انفعال:

- من يدري؟

رفع مع (رانيا) عيونهما إلى مصدر الصوت، حيث بدا لهما الدكتور (يحيى) بقامته الطويلة، مع رجل أصلع قصير القامة، راح يحدق (عزت) في اهتمام، في حين صافحه (يحيى)، وهو يشير إلى الأصلع، قائلًا:

- زميلي الدكتور (ماركو)، من المهتمين بدراسة القوى فوق النفسية، وفوق الطبيعية.

صافح (عزت) الدكتور (ماركو)، الذي قال وهو يتأمله في اهتمام:

- أنت إذن قارئ الأفكار؟

قال (عزت) في حيرة:

- يبدو أنها مجرد مصادفة يا سيدي.

قالت (رانيا) في حماس:

- من يدري؟

جلس الدكتور (ماركو)، وهو يتطلع إلى ملامح (عزت) في اهتمام زائد، ويسأله في هدوء:

- ولماذا ترفض الفكرة؟

أجابه (عزت) في حزم:

- لأنه ليست لي سوابق في هذا المجال.

ابتسم الدكتور (ماركو)، وهو يقول:

- سوابق؟!.. وهل تتصور أن أحدًا يولد، وهو يعلم أنه يمتلك قدرات عقلية خارقة؟!.. على العكس.. إن أشهر أصحاب تلك القدرات الخارقة كشفوا قوتهم بالمصادفة البحتة، ومن خلال حادث عادي، أو موقف صغير، مثلما فعلت أنت مع الدكتور (يحيى).

قال (عزت) في ضيق:

- وبم يفيد هذا؟

أجابه الدكتور (ماركو) في حماس:

- يفيد الكثير.. صدقني.. ليس من الحكمة أن تبخل بموهبتك هذه على العلم.

عقد (عزت) حاجبيه، وهو يقول في حدة:

- ماذا تعني؟

أجابه في حماس:

- أعني أنه من الضروري أن يتم دراسة الظاهرة، وأن...

قاطعه (عزت) في حدة:

- لا.

كان صوته مرتفعًا أكثر مما ينبغي، مما جذب انتباه باقي زملائه في القسم، فعاد يخفض من صوته، مستطردًا في عصبية:

- لن أسمح لكم أن تتعاملوا معي كحيوان تجارب.

رفع الدكتور (ماركو) حاجبيه في دهشة، وهو يهتف مستنكرًا:

- حيوان تجارب؟!

أما الدكتور (يحيى)، فقد أسرع يقول:

- اسمع يا أستاذ (عزت)، لن يكون الأمر أبدًا كما تتصور.. إنك ستؤدي خدمة للعلم، وللعالم أجمع.. ثم إنك ستصبح المصري المعروف علميًا في هذا المجال، و...

قاطعته (رانيا) في حماس:

- ولم لا؟

أدار (عزت) عينيه إليها مستنكرًا، ولكنها أضافت بنفس الحماس:

- سيعاونك هذا على كشف قدرات لم تتصور وجودها في نفسك يا (عزت)، وسيمنحك فرصة إعداد تحقيق صحفي علمي جديد.

بدا له رأيها منطقيًا مقنعًا، ولكن شيئًا ما في نفسه كان يقاوم في شدة فكرة الفحص هذه، فراح يقاوم ذلك الشئ بعقله، وهو يغمغم في تخاذل:

- ولكن قد...

شعر الدكتور (ماركو) بتخاذله، فأسرع يقول:

- يمكننا أن نبدأ تجاربنا على الفور.

هتفت (رانيا):

- فكرة رائعة.

قال (عزت) في حدة:

- لا.. ليس اليوم.

نهضت (رانيا) قائلة:

- ولم لا؟!.. هيا بنا.. ستكون تجربة رائعة.

راح ذلك الجزء الرافض من عقله يعتصره في شدة، محاولًا منعه من الاستسلام لذلك الفحص، إلا أن فضوله الشديد جعله يقاوم.. ويقاوم، حتى نهض قائلًا في حزم:

- فليكن.. هيا بنا.

وبدأت التجربة.

التجربة..

انعقد حاجبا الدكتور (ماركو) في شدة، وهو يتطلع إلى رسام القلب الكهربي، هاتفًا:

- مستحيل!!.. خمسمائة دقة في الدقيقة الواحدة.. هذا مستحيل حقًا!!.. إن قلب هذا الصحفي ينبض بقوة خرافية!!

سألته (رانيا) في انفعال جارف:

- لماذا؟.. كم يبلغ النبض في الشخص العادي؟

هز رأسه في حيرة بالغة، وهو يقول:

- إنه لا يتجاوز المائة دقة في الأحوال العادية، أو المائة والعشرين على الأكثر.

هتفت:

- يا إلهي!!

وبدا الدكتور (يحيى) أكثر انفعالًا منهما، وهو يقول:

- كنت أعلم هذا.. كنت أعلم أنه من المحتم أن يمتلك (عزت) قوة عقلية خارقة، وإلا ما نجح أبدًا في معرفة المعادلة.

أشار (ماركو) إلى رسام المخ الكهربي، وهو يقول في حماس:

- هذه المؤشرات تؤكد أنه لا يمتلك قوة عقلية خارقة فحسب، بل قوة جسمانية خارقة كذلك.. لقد رأيتما نبضات قلبه الرهيبة، وتلك الإشارات المخية الفائقة، التي لا تصدر عن الشخص العادي، إلا في مواجهة أشق وأخطر الأزمات.. إنها تصدر عن مخه هو في حالة استرخاء تام.

سأله (يحيى) في حيرة:

- ولكن لماذا فشل في كل التجارب الأخرى.. إنه لم ينجح في تخمين رقم أو لون ورقة واحدة من أوراق اللعب، ولم ينجح حتى في تحريك إبرة صغيرة بقواه العقلية الفائقة.

هز (ماركو) رأسه وقال:

- ربما لم يثق بعد في قدرته على أداء هذا.

سألته (رانيا) في فضول:

- هل الثقة ضرورية إلى هذا الحد؟

أجابها في حسم:

- بالتأكيد،

قبل أن يدفعها الفضول إلى إلقاء سؤالها التالي، سمع الجميع (عزت) يقول في عصبية:

- كفى

قالها وهو ينتزع الأسلاك المتصلة بجسده ورأسه في ضيق، فهرع إليه (ماركو)، هاتفًا:

- لا.. أرجوك.. انتظر قليلًا.. إن أبحاثنا تكاد أن...

قاطعه (عزت) في حدة:

- قلت كفى.

راح يرتدي ملابسه في توتر ملحوظ، فتبادل الدكتور (ماركو) نظرة قلقة مع الدكتور (يحيى) قبل أن يقول الأخير:

- لا بأس يا أستاذ (عزت).. سنكمل التجربة غدًا.

انصرف (عزت) في خطوات واسعة سريعة، وراحت (رانيا) تعدو إلى جواره، وهي تقول في حماس لاهث:

- لقد تأكدنا على الأقل أنك تمتلك قوة خارقة.

قال في حدة:

- دعينا لا نتحدث عن هذا الأمر.

كان فضولها يشتعل في أعماقها في شدة، ولكن حبها لـ(عزت) جعلها تكتم كل لهفتها في صدرها، وتسأله:

- هل ستذهب إلى المنزل مباشرة؟

قال في توتر:

- ألديك هدف آخر؟

قالت محاولة تلطيف الموقف:

- لقد تركت حقيبتي في المكتب.

تطلع إليها في شك، فابتسمت مغمغمة:

- والواقع أنني في أشد اللهفة لمعرفة ما فعله (عاطف) مع (كريمة عز النجوم) هذه.

شاركها فضولها هذه المرة، وإن لم يعلن عن هذا، بل اكتفى بأن قاد سيارته إلى مبنى الصحيفة، حيث اندفعت (رانيا) داخل القسم، هاتفة:

- هل عاد (عاطف)؟

اتسعت عيناها وعينا (عزت) في دهشة، عندما وقع بصراهما على وجه (عاطف) الشاحب، وهو ينكمش خلف مكتبه، فهتف به (عزت):

- ماذا حدث؟

رفع إليه (عاطف) عينين زائغتين، وهو يقول:

- أمر رهيب.

أسرعت إليه (رانيا)، تسأله في لهفة:

- ماذا حدث؟ قل لي..

حدق في وجهها لحظة، ثم لوح بكفيه، قائلًا:

- لقد ذهبت إلى تلك العجوز.. كنت أتصور أنني بصدد كشف دجالة مشعوذة، إلا أنها أرعبتني، وبثت في نفسي كل عوامل الرهبة والفزع.

جلس (عزت) إلى جواره، يسأله في قلق:

- كيف فعلت ذلك؟

ازداد شحوب (عاطف)، وكأنما تعيد إليه الذكرى الكثير من الفزع، وأجاب:

- لقد تعرفتني فور رؤيتي، وأنبأتني باسمي، وسني، ومهنتي.. فلما أنكرت ذلك، أشارت بيدها إلى، فوجدت نفسي أرتفع عن الأرض.. ورحت أهتف بها، متوسلًا، ومعلنًا اعتذاري، فابتسمت، وأنزلتني أرضًا دون أن تلمسني، ثم طلبت مني ألا أكتب شيئًا عنها؛ لأنها ستذهب عما قريب.

ردد (عزت) في دهشتة:

- تذهب؟!.. إلى أين؟

هز (عاطف) رأسه نفيًا في شحوب، وقال:

- من يدري؟.. إنها لم تخبرني.

تمتمت (رانيا) في خفوت، يحمل الكثير من الرهبة:

- ربما تعني أنها ستموت.

قال (عزت) في حزم:

- لا أحد في الكون كله يدعي معرفة ذلك.

ثم أشعل سيجارته في عصبية، مستطردًا:

- إنها تعني أمرًا آخر.

سألته في حيرة:

- وما هو في رأيك؟

شرد ببصره مع أنفاس سيجارته، وهو يردد:

- من يدري يا (رانيا)؟.. من يدري؟

ولكن ذلك الشئ الغامض، الكامن في عقله، كان يوحي بالعكس.. كان يبعث في نفسه شعورًا مبهمًا بأنه يعلم..

يعلم الكثير..

اخترقت تلك البقعة الضوئية الظلام، وراحت تقترب وتقترب، حتى اتضح شكلها الأسطواني، وهي تهبط على الأرض..

وغادرها ذلك المخلوق شبه البشري، برأسه الأصلع، وبشرته الخضراء الباهتة، وعينيه الحمراوين، وهبط معه هذه المره مخلوق يشبهه..

وبلهجة وصوت ولغة عجيبة، قال المخلوق:

- هيا.. اذهب.

وفجأة تبدلت ملامح ذلك المخلوق الأخضر الثاني، والأول يكمل:

- اذهب يا (عزت).

صرخ (عزت):

- لا.. لا..

وهب من نومه فزعًا، وهو يلهث في شدة..

وبكل الذعر في أعماقه قفز من فراشه، واندفع نحو مرآة حجرته، واطمأن إلى أنه ما يزال يحمل ملامحه، فزفر في قوة، هاتفًا:

- حمدًا لله.

بحث عن علبه سجائره في عصبيه شديدة، والتقط منها سيجارة، أشعلها في حدة، ونفث دخانها في قوة، ثم نهض يتطلع إلى النجوم..

لماذا؟..

لماذا هذا الحلم البشع بالذات؟..

لماذا الآن؟..

السؤال الوحيد الذي يعرف جوابه هو : لماذا هذه الملامح؟..

إنها نفس الملامح التي وصفها رجال الصعيد له، في تحقيقه عن الأطباق الطائرة..

نفس البشرة الخضراء، والرأس الأصلع، والعيون الحمراء..

لقد وصف له بعضهم هذه الملامح بمنتهى الدقة، حتى أنه رسم لها صورة في ذاكرته وخياله..

وراح يحلم بها..

تنهد في عمق، وذهنه يقفز به إلى سؤال آخر..

كيف عرف بقية المعادلة؟

العجيب أنه، عندما نطق الجزء الباقي من المعادلة، كان يشعر أنها معادلة قديمة، يعرفها منذ زمن، ولم يتصور أبدًا أنها معادلة جديدة إلى هذا الحد..

ما الذي يعنيه كل هذا؟.

تطلع مرة أخرى إلى النجوم، وصرخت كل خلية من خلاياه هذه المرة..

ما الذي يعنيه كل هذا؟
ولكن النجوم بقيت على صمتها.
وما من جواب..

الحقيقة..

"هل أنت مستعد للتجربة حقًا هذه المرة؟"

ألقى عليه الدكتور (ماركو) هذا السؤال في اهتمام، وهو يتفرس في ملامحه بمنتهى الدقة، فأجابه (عزت) في حزم:

- نعم.. مستعد تمامًا.

انحنت (رانيا) على أذنه، تسأله في حنان:

- أأنت واثق يا (عزت)؟

أجابها بابتسامة شاحبة باهتة:

- نعم يا عزيزتي.. واثق.

تراجعت وهي تتأملة في قلق، في حين وضع الدكتور (ماركو) أمامه دائرة حلزونية من معدن لامع، تحوي عدة ثقوب، مصنوعة بحيث تعبرها أضواء مصباح قوي خلفها، وقال الدكتور (ماركو):

- اليوم ستتعرض لنوع من التنويم المغناطيسي، بحيث يمكننا إزالة التوتر من نفسك، وحثك على استخدام قدراتك حتى أقصى حد.

تمتم (عزت):

- لابأس.. لابأس.

أشار الدكتور (ماركو) إلى (رانيا)، قائلًا:

- ابتعدي قليلًا.

ثم سأل (عزت) في انفعال:

- أمستعد أنت؟

أجابه (عزت) في خفوت:

- نعم.. مستعد.

ضغط الدكتور (ماركو) زرًا في طرف الدائرة، فراحت تدور ببطء ورتابة، والضوء ينعكس من خلال ثقوبها على وجه (عزت)، والدكتور (ماركو) يقول في صوت خافت عميق:

- أنت الآن تشعر بنعاس شديد.. جفناك ثقيلان، و...

كانت (رانيا) تتابع هذا، لولا أن سمعت من خلفها صوتًا يقول في حنق واضح:

- هذا الشاب مخادع.

التفتت في دهشة إلى مصدر الصوت، وأدهشها أكثر أن صاحبه كان الدكتور (يحيى)، الذي تابع في حنق زائد:

- مخادع كبير.

سألته في مزيج من الدهشة والحيرة:

- لماذا يا دكتور (يحيى)؟.. لماذا تقول هذا؟

أجابها في توتر:

- لأن تاريخه كله زائف.. لست أدري ماذا يخفي.. ولكنه كذب في حياته كلها.. لقد بحثت عن أصله وحياته، ولكنني لم أجد مخلوقًا واحدًا عرف والديه، اللذين يدعى أنهما لقيا حتفهما منذ عشر سنوات.. لقد أقام في هذه الشقة وحده منذ البداية، وكل شهاداته زائفة، فيما عدا شهادة بكالوريس الإعلام، و...

قاطعه صوت الدكتور (ماركو)، وهو يقول في توتر:

- حاول.. حاول أن تستسلم.

سأله الدكتور (يحيى) في خشونة:

- ماذا حدث؟

أجابه الدكتور (ماركو) في حيرة:

- إنه لا يستجيب أبدًا.. لا يخضع للتنويم المغناطيسي.

عقد الدكتور (يحيى) حاجبيه، وهو يغمغم:

- مستحيل!!

وفي تلك اللحظة كانت الأضواء تتعاقب على وجه (عزت) في سرعة..

وكان عقله يعمل كالصاروخ..

نفس الحلم يعاوده الآن..

الاسطوانة الهابطة على الأرض..

الوجوه الخضراء الصلعاء..

العيون الحمراء..

عشرات الأسئلة تنطلق في ذهنه..

عشرات الأجوبة..

وهتف الدكتور (يحيى):

- ربما إنك..

أكمل صوت حازم عبارته:

- لم تستخدم السرعة المطلوبة.

حدق الجميع في وجه (عزت) في دهشة، وهتف (يحيى) في ذهول:

- كيف علمت أنني سأنطق هذه العبارة بالذات؟

نهض (عزت) في حزم، وهو يقول:

- عقلك أنبأني بهذا.
صاح (ماركو):
- إذن أنت تقرأ الأفكار!
لم يجب (عزت) هذه المرة.
فقط ألقى نظرة باردة على (ماركو) ثم اتجه إلى الخارج، فهتف (ماركو) في انفعال:
- انتظر.. التجربة لم تكتمل.
أدار (عزت) عينيه في هدوء إلى جهاز التنويم المغناطيسي، فارتفع الجهاز عن مكانه على نحو أثار ذهول الجميع، ثم ارتطم بالحائط، وسقط محطمًا وتبعثرت أجزاءه في جنبات الحجرة..
فالتصقت (رانيا) بالحائط، وهي تردد في ذهول يختلط بخوف مبهم:
- (عزت)؟!
أما (يحيى) و(ماركو)، فلم ينطق أيهما بحرف واحد، و(عزت) يغادر المكان في هدوء، إلى أن انتزعت (رانيا) نفسها من ذهولها، واندفعت خلف (عزت) وهي تهتف باسمه مرات عديدة.. ولحقت به وهو يهم بركوب سيارته، فهتفت:
- انتظرني يا (عزت).. إلى أين؟
تطلع إليها في هدوء، وقال:
- إليها.
هتفت:
- إلى من؟
قال في حزم:
- إلى (كريمة).
وقفت مكانها ذاهلة، وهي تردد:
- (كريمة)؟!
ورأته ينطلق بالسيارة مبتعدًا، فصرخت:
- لا يا (عزت).. انتظر.
كان هناك شعور قوي في أعماقها، يؤكد لها أنها لحظة الوداع..
وأنها لن تراه بعد ذلك أبدًا..
وحتى هو، كان يعلم ذلك..
لقد استيقظ عقله..
لقد أدرك الحقيقة كلها..

الآن فقط علم لماذا بدت له معادلة الجاذبية المضادة مألوفة..
لقد كان يعلمها من قبل
يعرفها كمعادلة قديمة بالنسبة إليه..
وبالنسبة إلى قومه..
وراح عقله يسترجع القصة كلها، وهو في طريقه إلى (بنها)..
وعندما عبر بوابة منزل (كريمة)، كان قد أدرك الحقيقة كلها..
وكان يشعر بحزن جارف عميق..
ودخل إلى منزل (كريمة)..
وإلى حجرتها..
ووقف صامتًا..
وابتسمت (كريمة) وهي تتطلع إليه، وقالت في هدوء:
- أخيرًا أتيت.
رأى ملامحها البشرية تهتز، كما لو أنها صورة منعكسة على سطح ماء متموج، ورأى البشرة الخضراء تبدو واضحة عليها، وشعرها يختفي، لتبدو من أسفله رأس أصلع، وعيناها تكتسيان بذلك اللون الأحمر..
وبحركة تلقائية، رفع أصابعه، ليمررها في شعره الأسود كالمعتاد، ولكن أصابعه لامست رأسًا أصلع..
وفي استسلام تام، أعاد أصابعه إلى جواره..
لقد تذكر كل شئ..
تذكر حقيقته..
أدرك أنه ليس بشريًا..
إنه مخلوق من كوكب آخر..
تمامًا مثل (كريمة)..
مجرد مندوب لدراسة مخلوقات الأرض، مثل آلاف المندوبين من بني قومه، الذين يجوبون قارات الأرض، ويحملون هويات زائفة، وملامح تشبه ملامح الأرضيين..
وفي استسلام، استمع إلى (كريمة)، وهي تقول:
- كنت أعلم أنك ستأتي.. صحيح أنك كنت تتصور نفسك مخلوقًا أرضيًا، وتحيا مثلهم، بعد أن وضع علماؤنا هذه الفكرة في رأسك.. وباستخدام قدرتنا الخاصة على التشكل بملامح مخلوقات أي وسط نتعايش معه، ولكنني كنت أعلم أنك ستسترد ذاكرتك.. فقد حانت اللحظة المناسبة، بعد أن انتهت فترة عملي على الأرض، وحانت لحظة عودتي إلى كوكبنا.

وزفرت في اشتياق، وهي تستطرد:

- كم أتوق للعودة إليه!!

واقتربت منه، ووضعت يدها على كتفه، وهي تتطلع إلى بشرته الخضراء، وعينيه الحمراوين، قائلة:

- منذ هذه اللحظة، أنت مندوبنا في (مصر).. حظًا سعيدًا أيها الزميل.

حملت كرة شفافة متوسطة الحجم، وفتحت باب حجرتها، فبدا له ذلك الشكل الأسطواني، الذي يستقر في حديقتها، والذي اتجهت هي إليه، ودخلته، فارتفع بها كبقعة ضوء تشق الظلمة، وتغيب في الظلمات..

وفي هدوء، راحت ملامحه البشرية الجديدة تتشكل، بعد أن أدرك من هو.. وفي هذه المرة حمل ملامح عجوز أشيب، تشف كل قسماته عن الطيبة والروحانية.. ولم يكد يستقر على ذلك المقعد القديم، الذي احتلته (كريمة) طويلًا، حتى سمع جلبة تأتي من خارج الحجرة، ورأى (رانيا) تندفع إلى الداخل، وتحدق فيه طويلًا في دهشة، قبل أن تقول في عصبية:

- أين (كريمة)؟

أجابها في هدوء:

- لقد ذهبت، وأنا هنا بدلًا منها يا آنسة (رانيا).

هتفت في دهشة:

- هل تعرفني أيها الشيخ؟

أجابها بابتسامة حزينة:

- بالتأكيد يا بنيتي.

ترقرق الدمع في عينيها، وهي تقول:

- أخبرني إذن أين (عزت)؟.. أين الشاب الذي أحب؟.. أخبرني.. أرجوك.

خفض عينيه، مغمغمًا في مرارة:

- لقد ذهب يا بنيتي.. ذهب ولن يعود.

اتسعت عيناها في رعب، وهي تهتف:

- ذهب؟

شعر بنظراتها تخترق جسده في شك ولوعة.. فبقى صامتًا، مخفضًا عينيه خشية أن تلتقيان بعينيها، وطال صمتهما، حتى سمعها تقول في صلابة:

- أخبره أنني سأنتظره.

وفتحت الباب وهي تضيف في حزم:

- سأنتظره إلى الأبد.

وعندما أغلقت الباب خلفها، وانطلقت بسيارتها مبتعدة، كان قلبه يبكي بدموع من دم..

ولكنه كان يعلم أنها ستنتظر بالفعل إلى الأبد..

وبلا أمل..